Marie-France Desrochers

éditions de la paix

OURS BLANC

Éditions de la Paix

Gouvernement du Québec

Programme de crédit d'impôt pour l'édition de livres

Gestion SODEC

Nous remercions le Conseil des Arts du Canada de l'aide
accordée à notre programme de publication.

Nous reconnaissons l'aide financière du gouvernement

du Canada par l'entremise du Programme d'aide au

développement de l'industrie de l'édition (PADIÉ)

Marie-France Desrochers

OURS BLANC

Collection À cheval, no 6
Illustrations Jean-Guy Bégin

Éditions de la Paix

pour la beauté des mots et des différences

© 2007 Éditions de la Paix

Dépôt légal 3e trimestre 2007
Bibliothèque nationale du Québec
Bibliothèque nationale du Canada

Imprimé au Canada

Direction littéraire   Jean Béland
Illustration   Jean-Guy Bégin
Graphisme   Josianne Fortier
Révision   Jacques Archambault

Éditions de la Paix
127, rue Lussier
Saint-Alphonse-de-Granby
Québec   J0E 2A0
Téléphone et télécopieur (450) 375-4765
Courriel info@editpaix.qc.ca
Site WEB http://www.editpaix.qc.ca

Catalogage avant publication de Bibliothèque et
Archives nationales du Québec
et Bibliothèque et Archives Canada

Desrochers, Marie-France

Ours blanc
(Collection À cheval! ; no 6)
Pour les jeunes de 9 à 15 ans.

ISBN 978-2-89599-053-6
I. Bégin, Jean-Guy. II. Titre. III.
Collection: À cheval ; no 6.

PS8557.E842O97 2007   jC843'.6
          C2007-941253-X
PS9557.E842O97 2007

À mes grands-mères
Cécile et Béatrice

**De la même auteure
dans la collection À cheval
aux Éditions de la Paix**

Le Plan V
(Sélectionné par
Communication-Jeunesse)

La Caverne de l'ours mal léché
(Sélectionné par
Communication-Jeunesse)

Petite Brute et grand truand
La Fuite du gardien de but
La Carte maléfique

LA COLLECTION
À CHEVAL !

Une collection ni pour le primaire ni pour le secondaire... mais pour lecteurs au galop ou au petit trot.

Des histoires pour lecteurs indomptables.

Des récits fringants pour s'atteler à la lecture.

De la lecture au petit trot vers la lecture au grand galop.

Emballant !

Dans la nouvelle collection À cheval, le héros affronte des bêtes sauvages, une nature hostile, fait des excursions de chasse ou de pêche, des enquêtes policières, des tournois de sport, et affronte même des fantômes !

Le jeune héros a du nerf, de l'astuce, de la force physique et de l'honneur. De la compétition, du défi, en veux-tu ? en voilà !

Monte avec nous !

**Dans l'esprit de
LA COLLECTION À CHEVAL,
voici d'autres titres suggérés.**

Au petit trot

Adieu, limonade
Indiana Tommy
Le Bateau hanté
Tempêtes sur Atadia
Julien César
Clonage-choc
Chauve-souris sur le Net
Des Légumes pour Frank Einstein
L'Été de tous les maux
Des Pâtes et quelques vertèbres

Au grand galop

(Plutôt pour le début du secondaire)
Don Quichotte Robidoux
Argent double, agent double
Virus
Terra-express

L'OURS BLANC

Sa grosse patte velue toute blanche se pose sur mon estomac. Je fais le mort comme on me l'a si souvent répété dans les documentaires à la télévision. Il ne faut surtout pas courir ; se coucher en se protégeant la tête... faire le mort... De toute façon, je suis déjà mort de peur. Transi de froid, chaque pore de ma peau transpire la terreur qui me fige au sol. Je ne comprends pas comment j'ai pu me retrouver dans cette situation. Je me mets toujours dans le pétrin, mais cette fois-ci, je suis certain que je n'ai rien fait de mal. Pourtant, je suis étendu sur un banc de neige au cœur du parc des Laurentides. Un ours blanc me secoue l'abdomen et me renifle. Son museau s'approche de mon visage. J'essaie de ne plus respirer. Je sens tout de même son haleine bestiale. Ça sent le saucisson à l'ail !

Un haut-le-cœur irrépressible me fait émettre un son plutôt incongru pour un mort et surprend la bête qui s'éloigne de mon visage l'espace d'une seconde. Puis ses deux horribles pattes se posent sur mes épaules et me secouent comme un pommier. L'ours ouvre sa gueule et me crie :

— Réveille-toi, Jérémie ! On dirait que tu vas vomir !

J'ouvre un œil. Il me faut plusieurs secondes avant de me rendre compte que c'est Mathieu, mon ami de toujours, qui m'agresse de cette façon. Il place sa tuque blanche sous mon nez afin que je vomisse dedans.

— Je te remercie, Mathieu. Je pense que ça va aller mieux maintenant. On est presque arrivé à Chicoutimi.

Je repousse le généreux prêt de mon compagnon de voyage.

— T'es sûr ? Tu te tenais la tête dans ton sommeil et t'as failli vomir. Tiens, prends quand même ma tuque au cas où.
— Non, non... J'ai fait un horrible cauchemar.

Cette tuque blanche à l'effigie du Bonhomme Carnaval, il l'a achetée tout à l'heure et payée beaucoup trop cher, selon moi, lorsque l'autobus dans lequel nous faisons le trajet Sherbrooke/ Saguenay s'est arrêté trente minutes à la gare routière de Québec pour laisser monter de nouveaux voyageurs. Moi, j'en ai profité pour prendre une pilule prescrite par ma mère, infirmière, contre le mal du transport. Mathieu cherchait un souvenir inoubliable de ces vacances hivernales.

Nous avons attendu avec beaucoup d'impatience ces cinq jours à « La caverne de l'ours mal léché », le camp de chasse de mon grand-père Gagnon situé dans le Mont Valin. C'est un nom vraiment curieux pour un camp en bois rond, mais c'est le résultat d'une histoire familiale assez longue et pittoresque. Construit par mon arrière-arrière-grand-père, Alfred Gagnon, il demeure le refuge des hommes de sa lignée, car aucune femme n'a le droit d'y mettre le pied. Ma mère trouve ça très macho, mais elle respecte tout de même la consigne du patriarche.

Quand mon grand-père maternel m'a téléphoné, il y a deux semaines, pour m'offrir cette escapade de pêche blanche durant le congé scolaire du mois de mars, je n'en croyais pas mes oreilles. J'adore aller au camp. C'est le lieu où je suis le plus heureux parce que mon grand-père m'y accompagne. Alain Gagnon est l'homme le plus fantastique que je connaisse. Grand, fort, courageux et solide, il me raconte toujours ses aventures étonnantes, mais toutes vraisemblables, selon ma grand-mère.

Par téléphone, il avait déjà tout arrangé avec nos mères, la mienne et celle de Mathieu. Comme presque tous les adultes responsables de nous deux (et il y en a beaucoup !), ma mère, son amoureux, mon père, son amoureuse, la mère de Mathieu, le père de celui-ci, sa nouvelle femme et tous les parents de ce beau monde, travaillaient ou avaient d'autres chats à fouetter pendant cette semaine de relâche. Ils ont décidé de nous expédier au Saguenay, en autobus. Enfin, nous sommes considérés comme des presque adultes. J'aurai 13 ans le mois prochain. Il était temps qu'on accepte que je sache m'organiser tout seul... vivre ma vie !

Par contre, jamais je n'aurais cru que ça puisse être aussi pénible, le transport en commun. J'ai mal au cœur depuis que j'ai mis le pied dans l'auto-bus, à Sherbrooke. En plus, les médi-caments me font dormir et rêver d'ours blanc.

— As-tu mangé du saucisson à l'ail, toi ?

— Heu... Ouais, tu sais les machins séchés. J'en ai acheté trois à la bou-tique de souvenirs tout à l'heure et j'en ai bouffé pendant que tu dormais. Tiens, il m'en reste un.

Il me met sa simili viande sous le nez. Ce qui provoque un autre haut-le-cœur. Je lui vole prestement sa belle tuque et me la colle au visage. On n'est jamais trop prudent.

LA BLANQUETTE

DE BLANCHE

— Mon petit grillon, t'as ben verdi !

Ça, c'est ma grand-mère, Blanche Gagnon. Rien ne lui échappe. Elle personnifie, pour moi, la douceur réconfortante et la tendresse maternelle. Elle façonne le bonheur quotidien de son entourage en prodiguant mille et une attentions sans jamais se fatiguer. Elle possède également une force de caractère remarquable. Au premier regard, on voit bien qu'elle peut affronter toutes les intempéries du climat saguenayen et protéger férocement ceux qu'elle aime. Elle m'agrippe par les épaules, me colle le visage sur sa poitrine et me serre trop fort dans ses bras. Je respire les poils de son manteau de chat sauvage. Elle me relâche et ouvre grands les bras vers Mathieu qui bondit derrière moi afin de contrer l'assaut d'affection.

— Grand-papa n'est pas avec toi ?
— Non, non... Il est resté à la maison pour terminer les derniers préparatifs de votre expédition.

Un petit quelque chose me chicote dans sa réponse. Son hésitation ? Son nez qui s'est retroussé légèrement comme quand je mens ? Ses yeux bleu océan qui fuient les miens ?

— Tout va bien, grand-maman ?

— Oui, mon grillon. Allons à la maison. Il y a un bon souper qui nous attend. Je le savais que t'aurais *de la misère* en autobus. T'étais ben *malécœureux* dans le parc quand t'étais petit. Alors je t'ai fait une belle blanquette de poulet, des pommes de terre mousseline et, pour dessert, une tarte au citron meringuée.

À la description du festin à venir, Mathieu s'avance en se léchant les babines. Blanche s'en empare et lui fait visiter le col de son manteau.

— Et toi, la sauterelle ? T'as fait un beau voyage ?

Quand elle le libère, il a la tuque tout de travers, le visage rouge comme une tomate et il respire péniblement.

— Attention, grand-maman ! Mathieu est asthmatique.

— Fais donc pas simple ! L'affection a jamais rendu le monde malade ! s'exclame-t-elle un peu offusquée en nous entraînant vers la sortie d'un pas décidé et le nez retroussé.

Vers 22 heures, tout le monde est couché. Je partage l'ancienne chambre de ma mère et son lit avec Mathieu qui ne dort pas plus que moi.

— Mathieu, dors-tu ?

— Non, mais ça s'en vient.

— Ma grand-mère avait raison. Sa blanquette m'a remis sur pied.

— Mmm...

— Je m'inquiète pour elle.

— Pour la blanquette ?

— Ben non ! Nono ! Pour ma grand-mère ! T'as remarqué comme elle a l'air fatiguée ? Quand on parlait avec grand-papa, elle avait les yeux dans le vide... comme si elle était loin, loin...

— Moi, j'ai surtout remarqué qu'elle a de la *pogne*, une vraie prise de l'ours.

— Grand-papa a changé aussi. Il a les cheveux tout blancs. Il a maigri. J'ai peur que grand-maman soit malade et que grand-papa s'en fasse pour elle...

— Peut-être que ta grand-mère le serre juste un peu trop fort.

— Arrête de niaiser ! C'est pas drôle !

— Toi, arrête donc de t'en faire. C'est l'hiver. Tu sais, l'autre jour, ils l'ont dit à la télévision, les vieux trouvent ça ben dur, l'hiver. Il fait froid. Ils ont mal partout. Ils sortent moins. En plus, tes parents se sont séparés l'année passée. C'est sûrement difficile à accepter pour eux. Demain, quand on sera à « La caverne de l'ours mal léché », tu vas voir, ton grand-père va retrouver son entrain et ta grand-mère va se reposer pendant son absence.

— T'as peut-être raison.

— Moi, j'en suis certain... Dors maintenant !

— Mathieu ?

— Quoi encore ?

— Peux-tu mettre ta tuque dans ton sac à dos ? La face du Bonhomme carnaval est fluorescente… On dirait qu'elle rit de moi sur le bureau.

NEIGE

Le lendemain matin, je n'ai pas le temps de remarquer la fatigue des autres. Dès 6 heures, nous déjeunons. Une heure plus tard, la camionnette est chargée de tout le matériel nécessaire. La motoneige est fixée sur la remorque et nous faisons de grands saluts à ma grand-mère restée bien au chaud derrière la fenêtre du salon. Mon grand-père semble revigoré par ce branle-bas de combat. Il nous raconte des histoires de pêche rocambolesques tout le long du trajet qui nous mène à l'entrée du sentier enneigé du camp.

L'hiver, seules les motoneiges peuvent circuler dans cette montagne de neige. Près de la route, un garage fermé à double tour sert, entre autres, d'abri pour la remorque et la camionnette. Nous déchargeons tout le matériel et le plaçons dans le grand traîneau fabriqué par mon grand-père. Ce porte-bagages ressemble à un grand cercueil sur patin dont le couvercle est facultatif. Mathieu est très impressionné par l'ingéniosité, les dimensions de la boîte et par le fait qu'il devra continuer le voyage attaché sur ce tombeau.

— Quoi ? Non, mais ça va pas la tête ! Vous êtes fous. Je ferai pas cinq kilomètres couché là-dedans !

— Tête de fou ne blanchit jamais, riposte mon grand-père en rigolant.

— Hein ?

Je tente de calmer mon copain, mais le vieux Alain Gagnon ne m'aide pas beaucoup. Il se tape sur les cuisses en riant.

— Tu seras pas couché dedans. On va t'attacher, assis dessus.

— Hein !

— On peut pas s'asseoir tous les trois sur la motoneige. Grand-papa conduit, je me place derrière lui et toi…

— Ok ! Je comprends, mais pourquoi m'attacher ?

— Parce qu'on veut pas *t'échapper* en chemin.

Mathieu se gratte la tuque. Il semble hésiter entre le plaisir et la peur.

— Qui ne risque rien, n'a rien ! déclare mon grand-père en installant déjà les sangles qui assureront la sécurité de mon ami.

Quelques minutes plus tard, nous filons vers « La caverne de l'ours mal léché ». Comme prévu, grand-père conduit la motoneige. Je suis assis dos à lui afin de surveiller que tout se passe bien sur le traîneau. La consigne est claire : je dois signaler tout problème au conducteur en lui tapant dans le dos. Mathieu semble apprécier sa randonnée malgré la neige qui tombe drue depuis notre départ. La tuque blanche calée jusqu'aux yeux, le casque de sécurité bien attaché par-dessus, le sourire fendu jusqu'aux oreilles, il me fait des saluts de sa mitaine rouge. Une vraie duchesse sur un char allégorique. Si ce n'était de son habit de neige noir, on le prendrait assurément pour la mascotte du carnaval de Québec.

Je me sens enfin en vacances. J'oublie qu'il me faudra reprendre l'autobus pour retourner dans les Cantons-de-l'Est ainsi que mon inquiétude pour ma grand-mère Gagnon. J'admire le paysage et les simagrées de Mathieu.

Tout est blanc, froid et calme ici. Il n'y a que le Mont Valin qui réussit à me faire apprécier l'hiver. Mathieu me fait maintenant des signes de sourd-muet. Il vient de reconnaître la remise au bord du lac gelé et le camp qui nous invite de l'autre côté du lac.

Dès que la motoneige s'immobilise près de la galerie, Mathieu se détache du traîneau. Je n'ai pas le temps de le prévenir qu'il saute dans la neige où il s'enfonce jusqu'aux aisselles. Je rigole ferme pendant que Mathieu, plus frustré que jamais, se débat et s'empêtre de plus en plus. Mon grand-père, plus attentionné que moi aux malheurs des autres, enfile rapidement les raquettes

accrochées au mur extérieur près de la porte du camp et vient à son secours. Il le tire du trou et le glisse jusqu'à la galerie. Mathieu reste étendu quelques secondes pour reprendre son souffle. Il trouve sa pompe dans la poche de son habit de neige et aspire un bon coup afin de calmer le sifflement de ses bronches.

— T'as pas remarqué qu'on voit plus les cinq marches de la galerie, tellement il y a de la neige ici ?

Mathieu me répond en me faisant une grimace. Grand-père s'assoit lourdement à côté de moi. Nous retirons nos casques de sécurité et je remarque tout à coup son visage blême qui témoigne d'une grande fatigue.

— T'en fais pas, grand-papa, Mathieu a deux pompes neuves dans son sac. J'ai vérifié moi-même.

Il me répond en me serrant dans ses bras, puis il se relève péniblement et entre dans le camp. Surpris de ce geste affectueux, je tente une blague.

— Est-ce que je suis le seul ici à utiliser la parole comme moyen de communication ?

Mathieu, remis de ses émotions, se gratte la tuque, mal à l'aise.

— Je te ferais bien un gros collo, moi aussi, mais tu le mérites pas.

— Justement, t'as vu comme il est bizarre, mon grand-père ? Il a toujours été affectueux, mais pas comme ça, pour rien.

— Arrête de te plaindre. Moi, je vois jamais mes grands-parents. Je sais pas de quoi ils ont l'air. Je sais même pas ce que c'est être un petit-fils. Prends-les donc comme ils sont, vieux, bizarres et affectueux. Profites-en.

— Ouin !... Bon, grouille-toi, il y a du travail. Il faut déneiger la galerie, entrer les bagages et MANGER ! J'ai faim, moi !

PÊCHE BLANCHE

Mon grand-père est redevenu normal hier soir. Nous nous sommes installés. Nous avons mangé, puis joué aux cartes. Il a parlé continuellement pour nous déconcentrer. Il a gagné. Ensuite, nous sommes allés nous coucher. Ce matin, il préfère rester au camp pour se reposer.

Mathieu et moi allons pêcher. Cette fois, muni de raquettes typiquement indiennes, mon ami se débrouille bien. C'est sa première expérience de pêche blanche. Moi, j'ai fait ça toute ma vie. La journée s'annonce belle. Dans une luge, nous traînons le matériel nécessaire : la perceuse, la pelle, les lignes à pêche, un coffret bien rempli d'hameçons et de leurres infaillibles, deux seaux en plastique pour s'asseoir, un thermos de chocolat chaud, des biscuits et des asticots. Les appâts, c'est ce qui me dégoûte dans la pêche, mais comme le dit si bien mon grand-père : « Un bon pêcheur manie l'asticot comme un boucher, le couteau. ». Mathieu, lui, a bien hâte de les tripoter.

À environ cinquante mètres du bord, je déclare que j'ai trouvé l'emplacement idéal pour une pêche miraculeuse. Mathieu déplace au moins une tonne de neige que je façonne pour créer un rempart contre les bourrasques du vent arrivant de l'ouest.

— C'est une chance que le vent ne vienne pas du nord aujourd'hui. Comme on dit, quand le vent est du nord, reste sur le bord, y a rien qui mord.

— Tu ressembles de plus en plus à ton grand-père, toi.

— Comment ça ?

— Laisse faire !

Il nous faut au moins dix minutes pour perforer la glace à l'aide de la perceuse manuelle. Mathieu n'en revient pas de voir les lames de ce vilebrequin géant mordre la glace. Lui qui avait peur de marcher sur le lac gelé se sent totalement rassuré de voir s'enfoncer la perceuse d'au moins un mètre avant d'atteindre l'eau.

— Es-tu sûr qu'il reste assez d'eau en dessous pour que les gros poissons nagent à l'aise ?

— Ben oui, Mathieu, au moins trois mètres. Maintenant, il faut percer un autre trou.

Il est tout surpris d'apprendre qu'on ne peut pas pêcher dans le même trou. Il est prêt à partager afin de se reposer un peu. C'est vrai que c'est bien fatigant de pelleter la neige et de percer la glace tout en marchant avec des raquettes.

— Si on passe notre temps à faire des trous, on n'aura pas le temps de pêcher.

— Ben oui ! Tu vas voir, on va sortir de belles truites de ces trous-là. En attendant, une petite gorgée de choco-lat chaud pour se donner des forces ?

— C'est pas de refus.

— On va bien taper la neige autour de nos trous. Après, on pourra enlever nos raquettes et commencer une vraie partie de pêche.

Une fois installés, nous décidons de faire un concours : celui qui sortira le plus grand nombre de poissons aura congé de corvée d'eau demain et celui qui prendra le plus gros ne fera pas la vaisselle. La corvée d'eau est la plus difficile ici. Tout d'abord, il faut se rendre au lac en raquettes. Ensuite, nous puisons l'eau nécessaire à nos besoins sanitaires à l'aide d'un seau dans un grand trou percé par mon grand-père. À tout coup, nous mouillons nos mitaines qui gèlent presque instanta-nément, puis nous forçons comme des bœufs pour ramener notre seau plein jusqu'à l'intérieur du camp.

C'est donc avec beaucoup de moti-vation et de concentration que nous commençons enfin notre partie de pêche blanche. Mathieu aime tellement manipuler les asticots qu'il s'offre pour les fixer à mon hameçon. Je ne veux surtout pas le priver de son bonheur. De mon côté, je décroche les poissons qui frétillent ardemment au bout de nos lignes. Après quelques heures, Mathieu en a cinq, j'en ai quatre. La lutte est chaude, malgré le vent glacial de ce site enchanteur.

Tout à coup, je vois mon grand-père Gagnon s'avancer sur le lac. Je lui fais de grands signes de bienvenue auxquels il ne répond pas. Il s'arrête quelques secondes, puis reprend sa marche très lentement.

— He ! Ça mord à ta ligne !

Je cours à mon trou et je ferre en vitesse. Je tire le plus gros poisson de la journée, une très belle truite. Je la

soulève fièrement pour la montrer à mon grand-père qui devrait être tout près de nous maintenant.

— Regarde, grand-papa !

Il n'y a personne. Une masse sombre gît sur la neige à l'endroit où j'ai vu mon grand-père marcher il y a quelques secondes. Je reste figé, le poisson à bout de bras, la bouche ouverte. Je lance ma truite. Elle échoue dans le visage de Mathieu avant de retomber près de son trou. Puis je me précipite vers mon grand-père Gagnon étendu sur le lac.

— Grand-papa !

PÂLE COMME LA MORT

Comme je n'ai pas mes raquettes aux pieds, je m'embourbe dès que je quitte notre lieu de pêche. Je dois rebrousser chemin et aller les mettre. Mathieu a déjà eu le temps de chausser les siennes. Il file vers le gisant. Trop énervé, je n'arrive pas à attacher les sangles. Les Indiens ne connaissent pas encore le velcro ? Je réussis enfin.

Mathieu est à genoux près de grand-père. La route est longue. Je n'ai jamais couru avec des raquettes.

— Il respire ! me crie Mathieu.

J'atterris enfin auprès de mon grand-père inconscient. Il respire, c'est vrai, mais son souffle est court et saccadé. Mathieu a ouvert le col de son manteau et de sa chemise. Je me couche sur sa poitrine et j'écoute son cœur qui bat toujours, mais le rythme me semble désordonné.

— Est-ce qu'il a des problèmes cardiaques ?
— J'en sais rien... Pas à ma connaissance... Je l'ai jamais vu malade.
— Asthmatique ? Penses-tu que ma pompe pourrait l'aider ?
— Non ! J'en aurais entendu parler.

Je tapote timidement le visage de mon grand-père en l'interpellant. Il ne réagit pas. Il a toujours les yeux fermés, mais la bouche ouverte. Sa mâchoire est toute molle, comme lorsqu'il s'endort dans son fauteuil le soir.

— Le cellulaire ! me lance Mathieu.
— Hein ?
— Tu te rappelles l'automne passé, quand j'ai fait ma crise d'asthme monstrueuse ? Ton grand-père a appelé du secours à l'aide d'un téléphone portable.
— Oui. Il doit l'avoir sur lui. Aide-moi !

Nous fouillons toutes les poches de son habit d'hiver, de sa chemise et de son pantalon. Rien !

— Mathieu, va dans le camp ! Il doit être dans sa chambre ou dans un autre manteau ou… je sais pas… Cherche et dès que tu le trouves compose le 911. Moi, je reste avec lui.

Mathieu galope en raquettes vers le camp. Le visage de mon grand-père est pâle comme la mort. Ses lèvres sont bleutées. Il est méconnaissable. Il respire toujours, mais péniblement. Il doit avoir froid couché sur la neige. Je touche son visage, son torse, ses mains. Ils sont très chauds. Ce n'est pas normal. Ça fait au moins quinze minutes qu'il est inconscient dans le froid, il ne devrait pas être aussi brûlant. Je vérifie son cou, son front. Trop chaud. Son ventre est bouillant. Maintenant, je sais qu'il fait de la fièvre, mais ça ne m'avance pas à grand-chose.

— Grand-papa ! Réveille-toi !

Aucun signe d'éveil. Je crie de toutes mes forces près de sa bonne oreille.

— ALAIN GAGNON !

Rien. Je réécoute son cœur, pas de changement. Je suis au bord de la crise de nerf et Mathieu qui ne revient pas. Et si j'essayais de le traîner jusqu'au camp. Je soulève tant bien que mal les épaules de cet homme de 75 kilos et je tire. Mes raquettes s'enfoncent dans la neige, mais il n'a pas bougé d'un millimètre. Je hurle de rage et de désespoir.

Mathieu revient. Il marche rapidement. Il tient dans la main droite ce qui peut être un téléphone et dans l'autre, un sac, je crois. Je vérifie encore le pouls et la fièvre du malade. Il est inconscient, mais stable comme dirait ma mère. Je prends une poignée de neige que je durcis en la serrant dans mes mains gelées et lui passe sur les lèvres. Ma mère fait toujours ça avec un linge humide quand je suis fiévreux.

— Le 911 ?

Tout essoufflé, il me répond :

— Pile à plat… Pas d'électricité dans le camp, donc pas de téléphone… Regarde ce que j'ai trouvé dans ses bagages en cherchant une autre pile.

Mathieu me tend un sac de plastique rempli d'une dizaine de petites fioles de pilules de toutes les couleurs et de toutes les grosseurs.

— Qu'est-ce que ça veut dire ?
— Lis ce qui est écrit sur les étiquettes.

Je prends quelques fioles. Les noms des médicaments me sont totalement inconnus. C'est du chinois pour moi.

— Je comprends pas !

— Regarde comme il faut. Elles sont toutes au nom d'Alain Gagnon et renouvelables plusieurs fois. Certaines datent du mois passé, mais il y en a deux qui ont été renouvelées hier.

— ...

— Ton grand-père a sûrement une maladie grave pour prendre tout ça depuis au moins un mois.

Je ne sais pas quoi dire ni quoi faire. Je retourne les petites fioles dans mes mains en fixant mon pauvre grand-père inconscient. C'est Mathieu qui m'oblige à me ressaisir.

— Jérémie, on pourrait essayer de lui donner une ou deux pilules, mais je suis pas certain... Il faut le sortir d'ici et l'amener à l'hôpital au plus vite.

Je glisse le sac de médicaments et le téléphone dans ma poche. Pas de téléphone, pas d'électricité, pas de voisin... Je dois plutôt penser à ce que nous possédons pour nous sortir d'ici au plus vite : une motoneige, un traîneau, un malade inconscient de 75 kilos et deux adolescents.

— Ok ! Je vais chercher la moto-neige. On place grand-papa dans le traîneau avec nos sacs de couchage pour le protéger. On se rend à la camionnette. Il doit bien y avoir un moyen de trouver de l'aide une fois là-bas.
— La perceuse ? Les poissons ? les...
— On s'en fout ! Reste près de lui, je reviens.

J'arrive presque à courir jusqu'au camp. Je me défais de mes raquettes, puis je fonce jusqu'à la chambre du maître du camp. Je ramasse les clés de la motoneige et de la camionnette sur son bureau ainsi que son portefeuille qui contient toutes ses cartes d'iden-tité et son permis de conduire. Je véri-fie la présence de sa carte d'assurance-maladie. Elle y est. Ma mère me répète tous les jours qu'on ne doit jamais partir sans ce passeport pour l'hôpital.

Je récupère nos trois sacs de couchage et les casques de sécurité que je traîne jusque sur la galerie. Je dois rechausser mes raquettes afin d'enlever le couvercle du traîneau sans m'enfoncer jusqu'au menton dans la neige. Cette fois-ci, les attaches répondent à ma demande.

J'agis avec efficacité et célérité. Je sens que la vie d'un homme dépend de moi, de mon sang-froid. Ça me donne l'énergie nécessaire à l'action. Je défais les quatre attaches métalliques qui maintiennent le couvercle sur le traîneau. Je n'ai pas besoin de ce couvercle. Il n'est pas question que je transporte mon grand-père dans un cercueil fermé. Je le renverse dans la neige poudreuse. Je mets mon casque. Je lance les trois sacs de couchage, les deux autres

casques et mes raquettes dans le traîneau. Je démarre la motoneige que mon
grand-père m'interdit toujours de
conduire seul. « Désolé, grand-papa,
c'est un cas de force majeure ! » Je
rejoins Mathieu encore à genoux près
de notre malade et je remets mes
fichues raquettes en l'interrogeant sur
son patient.

— Est-ce qu'il s'est réveillé ?
— Non ! En plus, il est très chaud
pour un gars étendu dans la neige.
— Je sais. Il doit faire beaucoup de
fièvre. Aide-moi à étendre un sac de
couchage dans le fond du traîneau.
Après, ce sera pas facile, mais il va fal-
loir le soulever. Il a maigri, mais ça reste
une pièce d'homme.

Nous essayons de le soulever. Moi,
je l'agrippe sous les aisselles et
Mathieu s'accroche aux talons. Nous
réussissons seulement à le plier en
deux et à nous enfoncer dans la neige.

Malgré plusieurs efforts et essais, nous arrivons toujours aux mêmes résultats. Tout à coup, un plan surgit dans ma cervelle surchauffée par l'urgence. Nous arrivons assez facilement à glisser grand-père à l'intérieur d'un sac de couchage que nous tirons sur la neige jusqu'au traîneau. Ainsi empaquetée, la masse est plus facile à soulever. Moi aux épaules, et Mathieu au tronc, nous le hissons de peine et de misère dans le traîneau.

Je l'emmaillote le mieux possible avec les sacs de couchage et lui mets son casque de sécurité sur la tête. Cette boîte de bois est conçue pour le transport de marchandises, pas pour trimballer des êtres humains. Ça risque de cogner solidement dans le sentier. Il ne faudrait pas aggraver son cas en lui infligeant une commotion cérébrale ou une fracture du crâne. Sa situation est bien assez inquiétante, il ne s'est pas réveillé malgré tous les déplacements des dernières minutes. J'enlève encore une fois mes raquettes que je glisse avec celles de Mathieu et de grand-père sous le sac de couchage de chaque côté du malade, puis nous attachons fermement nos casques protecteurs.

Cinq kilomètres à conduire à la *brunante*. La journée a filé. Le soleil est sûrement couché. Il a d'abord disparu derrière une bande de nuages juste avant que grand-père vienne s'étendre sur le lac gelé. Il neigera bientôt. Si j'ai de la chance, je me rendrai au garage avant les premiers flocons.

Mathieu a pris la place que j'occupais hier. Il est assis derrière moi et surveille le corps d'Alain Gagnon. J'essaie de ne pas trop penser à la suite... quand on sera à l'hôpital... quand les médecins me diront de quelle maladie souffre mon grand-père... si j'arrive à temps... si...

NUIT BLANCHE

Nous apercevons enfin le garage au bout du sentier. De gros flocons de neige tombent doucement en dansant pour se laisser admirer. Moi, je n'ai pas le temps d'apprécier leur numéro. J'accours voir mon patient. Il vit encore. Il respire, il fait de la fièvre et son teint est gris.

Je retire de ma poche le trousseau de clés de la camionnette. Mathieu m'aide à trouver celle qui déverrouille le cadenas de la porte du garage. Après une journée à jouer dans l'eau glacée et la randonnée à motoneige, nous avons tous les deux les doigts gelés dans nos mitaines glacées. Nous n'osons même pas nous plaindre tellement nous sentons que la situation est grave.

Pas de chance, le cadenas est gelé, lui aussi. Je n'ai ni briquet ni allumette pour réchauffer la clé avant de l'introduire dans la fente obstruée par la glace. J'ai vu mon père, la semaine dernière, faire un truc ridicule face à un problème identique. J'ai un peu ri de lui, mais il a réussi. Toujours garant de ma sécurité, mon père m'a bien averti, ce jour-là, de ne pas tenter l'expérience moi-même. Il ne pouvait pas savoir que je devrais lui désobéir si rapidement. J'utilise mon haleine que je dirige vers la fente du cadenas en

prenant bien soin de ne pas me coller la langue dessus. Cette fois, c'est Mathieu qui rit de moi. Au troisième essai, ça fonctionne. La clé tourne librement, libère le cadenas et me permet d'ouvrir la porte du garage. J'entre dans la camionnette à la recherche du fil pour brancher le téléphone à l'allume-cigare et, ainsi, recharger la pile. Mathieu vient me rejoindre pour une fouille intensive. Niet ! Pas de fil. Pas d'énergie. Pas de téléphone. Il faut vraiment que mon grand-père soit très malade pour l'avoir oublié, lui si organisé, si prévoyant. À moins qu'il ne soit au camp. Mathieu me jure qu'il ne l'a pas vu en cherchant le téléphone.

Nous pouvons peut-être nous placer sur le bord de la route et faire des signaux aux automobilistes qui passeront, mais ça pourrait être très long. C'est un petit chemin de campagne qui mène à des sentiers de motoneige. Je ne crois pas qu'on trouve d'habitations sur cette route. À preuve, depuis notre arrivée au garage, nous n'avons vu aucun véhicule. Il y a urgence, nous devons agir.

— On monte grand-papa dans la camionnette et on le conduit à l'hôpital de Saguenay.

— T'es malade !

— Moi, non. Lui, oui. Je vais tenter de faire des appels de phare si on rencontre des véhicules. Si quelqu'un s'arrête, on lui demande de l'aide.

— Pourquoi ça tourne toujours mal quand je suis avec toi ?

— Je te ferai remarquer que je pourrais en dire autant. Moi, c'est quand t'es là que ça va mal. J'ai rien fait de travers. Je suis blanc comme neige, cette fois-ci. C'est mon grand-père qui est en train de mourir...

— Ok ! Excuse-moi. On se chicane pas en plus... T'as raison... Il faut essayer de se débrouiller... On y va ?

Je m'essuie le nez, les yeux, le visage avec ma mitaine mouillée. Ça sent le poisson et la peine.

— On y va !

Je détache la remorque et je sors le véhicule du garage. Nous essayons de soulever mon grand-père pour le hisser dans la camionnette, mais nous n'y arrivons pas. La fatigue et le stress ont eu raison de nos forces. Je suis sur le point de craquer. Mathieu prend la relève.

— Si on essayait de tirer ou de pousser le traîneau dans la boîte de la camionnette ? Je sais que ton grand-père serait au froid dehors, mais au point où on en est...

J'ouvre le hayon de la camionnette. Nous installons des planches qui traînent dans le garage pour en faire une glissoire derrière la boîte du véhicule. Je m'installe sur la motoneige. Je pousse le traîneau doucement à l'aide des skis. La manœuvre est risquée. Dans les émissions à la télévision présentant ce genre de cascade, le commentateur dirait : « N'essayez pas ce truc à la maison ! ». Les patins du traîneau grincent sous la friction du bois, puis du métal de la camionnette. J'ai peur de défoncer le traîneau sous la pression des skis de la motoneige. J'avance avec précaution... Dès que Mathieu lève la main pour m'indiquer que le traîneau est à sa place, je recule la motoneige. Mathieu enlève les planches et ferme le panneau arrière.

Nous retournons vérifier l'état du passager. Il semble légèrement moins chaud et sa respiration est régulière. Il ne va pas bien puisqu'il est inconscient, mais je trouve qu'il a l'air un peu mieux. On dirait qu'il dort. En tout cas, il doit faire de drôles de rêves avec tout le bruit et les déplacements qu'on lui fait subir. J'enlève la neige qui s'est accumulée sur le sac de couchage et sur son visage. Je lui laisse son casque de sécurité. Ça devrait le protéger un peu.

— Pardonne-moi, grand-papa ! Je dois emprunter ta camionnette. Cramponne-toi parce que je n'ai jamais conduit pour vrai...

Se balader en motoneige dans un sentier, c'est une chose. Conduire une camionnette sur une route enneigée en pleine nuit, c'est tout autre chose. Dieu merci ! Après plusieurs semaines d'argumentations de ma grand-mère et d'hésitations de la part de mon grand-père, il s'est décidé, l'an dernier, à acheter un véhicule qui possède un embrayage automatique afin qu'elle puisse le conduire. Je remercie silencieusement Blanche pour sa détermination.

Mathieu s'assoit côté passager et boucle sa ceinture de sécurité. Je m'installe comme un conducteur expérimenté. Maintenant, je ne dois pas penser à l'absurdité de la situation, mais essayer de me concentrer sur ce que j'ai à accomplir.

Je positionne mon siège afin de bien atteindre les pédales, je m'assure de bien voir dans les rétroviseurs, puis j'attache solidement, moi aussi, ma ceinture. Je démarre. J'allume les phares, j'actionne les essuie-glace et c'est parti... Vive les jeux de simulation sur ordinateur que je pratique depuis des années. J'avance très doucement, car le traîneau n'est pas fixé à l'arrière. Un freinage trop brusque risquerait de le faire glisser.

— N'oublie pas que tu as nos vies entre tes mains.

— Merci de me le rappeler. J'avais justement besoin d'une petite poussée d'adrénaline.

— ...

Je roule à basse vitesse depuis au moins quinze minutes. Je tiens bien la route, même si elle est passablement enneigée. Je m'épate moi-même. Mathieu est silencieux. Il fixe la route et jette un coup d'œil de temps en temps à l'arrière. Tout semble calme.

J'imagine mon grand-père qui se réveille, couché dans la boîte de sa camionnette, et je ris de la situation. Mathieu me regarde. Je n'ose pas me retourner et quitter la route des yeux, mais je devine qu'il ne comprend pas mon hilarité. Je lui explique ce qui me fait rire. Il ne trouve pas ça drôle du tout. Il a raison. Je me mords les lèvres. J'ai les yeux pleins d'eau tellement je me retiens. C'est vraiment bizarre, la vie. Avoir un fou rire dans un moment pareil !

— Des lumières là-bas ! Fais des appels de phare !

Effectivement, nous allons croiser un véhicule. Cette rencontre me ramène brusquement à la réalité. Je fais plusieurs appels de phare et je ralentis la camionnette. Les phares répondent à mon appel, mais passent à vive allure. C'est un gros camion remorque. Où va-t-il ? Est-ce que je me serais trompé ? Il y aurait des habitations plus loin sur ce chemin ? En fait, je ne connais pas vraiment la région. Je visite mes grands-parents deux ou trois fois par année depuis ma naissance et je ne me suis jamais amusé à lire des cartes géographiques du Saguenay. Pourquoi l'aurais-je fait ? Je ne suis pas censé avoir un permis de conduire avant trois ans au moins. Je ne peux pas revenir en arrière. Il faut continuer. Nous repartons, déçus.

Quelques minutes plus tard, j'arrive à un croisement. Sur cette route principale, il y aura sûrement plus de circulation ou des maisons où nous pourrons demander de l'aide. Je tourne vers la droite. Il me semble bien que je me dirige dans la bonne direction, la ville est sûrement par là. La route est plus dégagée, signe qu'une déneigeuse est passée il y a peu de temps. Un autre véhicule vient à notre rencontre déjà. Je fais des appels de phare sans grand espoir. Des gyrophares me répondent ! Une sirène ! Dieu soit loué ! C'est une voiture de police.

Je range la camionnette sur le côté de la route sous les applaudissements de Mathieu qui crie de joie, de fatigue, de stress.

Il ne me reste plus qu'à expliquer au policier pourquoi un ado de 12 ans et 11 mois, affublé d'un casque de sécurité conduit une camionnette, par une nuit enneigée, assisté d'un copilote portant une tuque fluorescente à l'effigie du Bonhomme carnaval sous un casque de sécurité avec, à l'arrière du véhicule, un cercueil où gît un grand-père malade et casqué ainsi que trois paires de raquettes...

MURS BLANCS

Tout est blanc, froid et agité dans le service des soins intensifs de l'hôpital. Je veille mon grand-père avec Mathieu qui se tient près de l'entrée et surveille les allées et venues du personnel hospitalier. La dernière fois que j'ai vu autant de fils de toutes sortes, c'est quand j'ai branché mon jeu vidéo derrière le téléviseur chez mon père. Les

71

fils du DVD, du magnétoscope, du téléviseur, du décodeur satellite, du casque
d'écoute et de la chaîne stéréo for-
maient un nœud de vipères impression-
nant.

Aujourd'hui, je cherche mon grand-
père sous cette quincaillerie de tuyaux,
de filages et de câblages. Un gros tube
sort de sa bouche pour le relier à
d'autres tubes qui se rendent à une
machine qui l'aide à respirer. Un autre
petit tube émerge de son nez. Un fil de
soluté piqué dans chaque bras le relie à
un tas de pompes superposées sous des
poches de plastique remplies de divers
liquides ou médicaments accrochés au-
dessus de lui. Des électrodes collées
sur son thorax avec des fils de diffé-
rentes couleurs le rattachent à un
moniteur où on voit plein de chiffres et
de tracés variant continuellement. Une
pince au bout de son doigt indique,
selon les infirmières, le taux d'oxygène
dans son sang.

Je devrais être rassuré par tant de soins de la part du corps médical, mais je suis totalement terrorisé par les sons qui jaillissent de tous les recoins de la pièce : Bip-Bip… Clic-Clic… Pffff-Pfffff…Choui….Beurp… Bib-Bip…

Une pneumonie, mon œil ! J'en ai déjà fait une l'an dernier et je ne suis pas tombé dans les pommes durant des heures. J'ai dormi pendant deux jours, mais je me réveillais pour me plaindre à ma mère qui me soignait à l'aide d'anti-biotiques et de bouillon de poulet. Je dirais même que les trois jours suivants cette cure de sommeil, j'en mettais un peu plus afin de pouvoir regarder la télévision bien emmailloté dans mon lit en mangeant seulement ce qui me ten-tait.

Et les pilules qu'on a trouvées au camp ? Il a beau être vieux et plus fra-gile que moi, ça n'explique pas la tonne de médicaments qu'il semble ingurgiter depuis quelque temps.

Les infirmières des urgences ont essayé de nous faire quitter les lieux. Le règlement de l'hôpital stipule que chaque patient aux soins intensifs ne peut recevoir qu'un visiteur à la fois, de la famille seulement, pour une durée de cinq minutes à chaque heure. Les demoiselles ne savaient pas encore à qui elles avaient affaire quand elles sont venues dans la chambre armées de stéthoscopes et de thermomètres pour nous faire peur. Je suis le fils d'une infirmière. Je sais très bien qu'elles utilisent ce règlement surtout quand les visiteurs sont trop nombreux ou dérangeants pour le malade. J'ai sorti mon arsenal, moi aussi : une petite larme au coin de mon œil droit bleu océan, la tête un peu inclinée sous le poids de la tristesse et la lèvre inférieure frémissante. Ça marche à tout coup avec les femmes.

J'ai essayé ce truc avec mon père une fois. Mauvaise stratégie ! Il m'a envoyé dans ma chambre en me disant de revenir seulement quand je serais un homme. Cinq minutes plus tard, je suis sorti l'œil sec et les babines combattives. Après une heure de discussion, il a consenti à faire un tout petit compromis. J'étais épuisé. Lui, il souriait. Je soupçonne qu'il avait décidé, dès le départ, de faire cette concession, mais qu'il voulait me voir à l'œuvre. Il me répète souvent qu'il veut former mon caractère...

— Ta grand-mère arrive. On va sûrement en savoir plus sur l'état de santé de ton grand-père, m'annonce Mathieu, mon frère pour la journée. J'ai dit aux infirmières que Mathieu était mon aîné, sinon il se serait fait jeter dehors.

Blanche Gagnon fige sur place. Elle fixe son mari inconscient, entouré de fils et canalisé à l'excès. De grosses larmes glissent sur ses joues. Une infirmière entre dans la chambre, triste.

— Les gars, vous devriez laisser votre grand-mère seule quelques instants. Allez manger, vous en avez besoin.

— J'ai pas faim.

Si elle pense que je vais laisser ma grand-mère seule dans un moment pareil, elle se trompe royalement.

— Si vous ne sortez pas immédiatement pour aller manger et vous reposer, je vous mets sous soluté tous les deux. Vous êtes épuisés, probablement déshydratés...

Oups ! On dirait ma mère. Mathieu me fait signe qu'il se sauve sous la menace de perfusion. Grand-mère vient vers moi et me serre tendrement dans ses bras tremblotants.

— Merci, mon grand, de me l'avoir ramené... Va te reposer un peu. Je te rejoins tout à l'heure à la cafétéria.

Trente minutes plus tard, grand-maman me retrouve devant un bol de soupe poulet et nouilles refroidie. Je n'arrive pas à avaler. J'entends encore le bruit régulier que fait la machine aidant mon grand-père à respirer et, ainsi, à rester en vie. Mathieu en face de moi n'a pas meilleure mine. Ce n'est pas son grand-père, mais je sais que, pour lui, c'est la seule personne âgée qui le connaisse bien et qui l'aime. Alors, c'est un peu le sien aussi. Grand-mère s'assoit et me prend la main.

— Qu'est-ce qu'il a grand-papa ?
— Un cancer.
— Depuis quand ?
— Il le sait depuis la fin du mois de janvier.
— Maman le sait ?
— Oui...

— Pourquoi vous me l'avez caché ?

— Il voulait te le dire lui-même là-bas, à « La caverne de l'ours mal léché », son refuge... votre refuge...

— Pourquoi l'avoir laissé partir aussi malade ?

— On ne savait pas qu'il avait une pneumonie en plus. Les médecins parlaient de trois à six mois avant que... Son système immunitaire était bien faible, mais... Il y tenait beaucoup à ces dernières vacances avec toi.

— Est-ce qu'il va se réveiller ?

— Les médecins disent...

Elle hésite, essuie ses beaux yeux, puis se reprend :

— Oui, sûrement... Ils vont me le remettre sur pied, puis il va suivre des traitements...

— Qu'est-ce que je vais devenir sans lui, quand il va... ?

Elle laisse ma main et glisse son doigt sous mon menton pour m'obliger à la regarder dans les yeux.

— Le meilleur Jérémie Gagnon de la terre... Même une fois qu'il sera parti, tu resteras toujours le petit-fils d'Alain Gagnon. Le grand, le fort, le tendre, l'ingénieux, le raconteux Alain Gagnon...

— ...

— Tu sais que ses amis l'appellent Ours blanc ?

— Non ! Pourquoi ?

— Pour une histoire de pêche au saumon dans sa jeunesse. Il paraît qu'il a sorti un immense poisson frétillant avec sa grosse patte jusqu'au bord de la rivière et, pour faire rire ses copains, il l'a mis dans sa bouche comme un ours affamé.

— Ça se peut pas !

Ses yeux rougis s'illuminent.

— Ah ! oui, mon garçon ! Ton grand-père est un vrai raconteux. Quand il dit que c'est blanc, c'est que c'est blanc. Ça peut être blanc bleuté, blanc cassé, mais jamais noir. Il ne ment jamais !

Elle pose un baiser sur ma joue mouillée.

— Je m'excuse de vous déranger tous les deux, mais on a laissé le camp en vitesse et...

Pendant que je m'essuie le nez et les yeux, ma grand-mère rassure Mathieu.

— T'en fais pas ! J'ai appelé J.E....
— ... ?
— Joseph-Éphrem, le meilleur ami d'Alain. Il est déjà parti pour « La caverne ». Il va tout ranger et rapporter vos bagages.

OURS BLANC

Alain Gagnon se réveille trois jours plus tard. En soirée, les infirmières lui retirent le gros tube le reliant au respirateur. Enfin, je peux entendre sa voix faible, étouffée et rauque, mais tellement douce à mon oreille. Peu à peu, je retrouve le visage de mon grand-père sous les traits tirés de ce vieillard malade. Épuisé, il sourit tout de même quand grand-mère lui raconte sa randonnée dans le traîneau et derrière sa camionnette. Il me serre dans ses bras amaigris et me souffle quelques mots à l'oreille.

— Merci, mon grillon. Rappelle-toi toujours que c'est par ses actions qu'un homme prouve sa valeur.

Il remercie aussi Mathieu. Je n'entends pas ce que grand-père lui dit, mais il semble bien heureux de cette marque d'affection. Mathieu et moi faisons presque cerveau à part depuis notre retour du camp. Nous vivons à l'hôpital 18 heures sur 24, l'un à côté de l'autre, sans avoir ni le cœur à lancer des blagues ni le temps de faire nos idioties habituelles. Dans un autre contexte, moins triste, nous aurions déjà quelques exploits à notre actif : déplacer des dossiers de malades afin de mettre de l'imprévu dans la vie des infirmières, actionner toutes les sonnettes des malades pour créer de l'ambiance au poste de garde, engager une course de fauteuils roulants dans les corridors... Mathieu qui revient une fois encore de la cafétéria me donne un coup de coude dans les côtes.

— T'as vu les beaux fauteuils roulants qui traînent partout ici ?
— Oui, Mathieu, je les ai vus et j'y ai pensé, moi aussi, mais je crois pas que ce soit le moment de faire des niaiseries.
— Ouais...

Il y a toujours moyen de s'amuser pour un enfant sain et plein de vitalité, mais je ne suis plus tout à fait un enfant. Mon grand-père l'a dit, je suis un homme maintenant... C'est ce que je souhaitais, être traité en personne responsable et autonome... vivre ma vie... Pour le moment, je préfère rester un enfant pendant quelque temps encore, c'est moins fatigant pour mes nerfs.

Ma mère, venue nous rejoindre en catastrophe, nous ramène à Sherbrooke. Je l'ai vue pleurer en quittant grand-père. Le divorce l'an passé, la maladie de son père cette année... je devrai lui faire un peu attention...

En quittant l'hôpital, Mathieu fourre sa tuque blanche au fond de son sac à dos. Il ne la ressortira plus de là, je crois. Blanche Gagnon, droite comme un I, nous dit qu'elle tient le phare et que son Alain va sortir bientôt de l'hôpital. Nous quittons l'hôpital et le Saguenay le cœur bien lourd.

— Maman ?
— Oui, Jérémie ?
— Comment elle s'appelle, grand-maman ?
— Blanche !
— Oui, mais Blanche qui ? J'ai jamais pensé à le lui demander !

— Devine ! me répond ma mère en souriant pour la première fois depuis longtemps.

— Tremblay ?

— Hé oui ! Une vraie Tremblay, dit Gabelus.

— ... ?

— Dans la région, les Tremblay ont des surnoms pour se différencier. Ça veut dire que son ancêtre est originaire de Baie-Saint-Paul.

Je regarde défiler le paysage du parc des Laurentides en me répétant : « Je suis le meilleur Jérémie Gagnon de la terre, le petit-fils de Blanche Tremblay, dit Gabelus, et d'Alain Gagnon, dit Ours blanc... ».

Table des chapitres

Des livres pour toi
aux Éditions de la Paix Inc.

127, rue Lussier
Saint-Alphonse-de-Granby, Qc J0E
2A0 Téléphone et télécopieur (450)
375-4765 info@editpaix.qc.ca
www.editpaix.qc.ca

Collection ADOS/ADULTES *PLUS*

Jean-François Somain
 Envie de vivre
Andreas A. Noll
 www.moins-de-16.com
Yves Steinmetz
 Votez Gilbarte
 Mélodie et la Fontaine
 Le Clan Rodriguez
 Suzanne, ouvre-toi (Roman)
Claudette Bégin
 La Vie secrète de grand-mère (Roman)
Françoise de Passillé
 Un Chêne dans la tourmente
Hélène Boivin
 Le Bonheur a un nom
Patricia Portelle Bricka
 L'Itinérante

Jean-Paul Tessier
 François, le rêve suicidé
 Francis, l'âme prisonnière
 Michel, le grand-père et l'enfant
 L'Ère du Versant

Collection Pratique et Société
Robert Thibaudeau
 Un Dragon nommé Parky
Jean-Paul Tessier
 Les Insolences d'un éditeur
Rollande Saint-Onge
 Du Soleil plein la tête
Hélène Desgranges
 Choisir la vie

Collection ADOS/ADULTES
Hada Lopez
 Pedro Libertad
Kees Vanderheyden
 L'Enfant de l'ennemi
François Lambert
 Pensées mortelles
Michel Lavoie
 Ah le premier amour !
 Un Soleil pour Alexandre
 L'Amour à la folie

Robert Thibaudeau
 Le Cas Quichotte
 L'Affaire de la couronne
Benoît Moreault
 Virus
Gilles Ruel
 Le Combat de Flac
 Le Fugueur
Jean Jr Landry
 Nikolas Koala à l'Académie des cerveaux
Jocelyne Charest
 La Loi du talion
Renée Amiot
 Nous serons tous des loups-garous
 HEDN
 L'Autre Face cachée de la Terre
 suite de ... *La Face cachée de la Terre*
 Une Seconde chance
Rollande Saint-Onge
 L'Île Blanche
Alix Christine Whitfield
 Le Chant de Kaalak
Colette Quesnel
 L'Aigle et le héros
Josée Ouimet
 L'Inconnu du monastère

Collection PETITE ÉCOLE AMUSANTE

Charles-É. Jean
  Question de rire, 140 petites énigmes
  Remue-méninges
  Drôles d'énigmes
Robert Larin
  Petits Problèmes amusants
Virginie Millière
  Les Recettes de ma GRAM-MAIRE
René Amman
  L'Énigme 23

Collection RÊVES À CONTER

Rollande Saint-Onge
Petites Histoires peut-être vraies (Tome I)
Petites Histoires peut-être vraies (Tome II)
Petits Contes espiègles
Ces trois derniers titres ont leur guide
d'animation pour les adultes

Collection PATRIMOINE

Solange Hamel
  Les Patriotes oubliés de la Montérégie
Robert Larin
  *Brève Histoire des protestants au
Québec et en Nouvelle-France*

ÉdiPax, our English Section
Director Kerry Summers

www.under-16.com
On the Best-seller list in Switzerland, Germany and Austria. Author : Andreas A. Noll

224 pages - ISBN: 2-89599-023-9 - Collection Teens/Adults PLUS - Format : 13 by 21 cc - 19,95 $

The Owl and the Hawk
French version: Le Chant de Kaalak (Éditions de la Paix) Author : Alix Whitfield
Illustrations : Doug Penhale

236 pages - ISBN: 2-921255-57-2 - Collection Teens/Adults - Format : 11 by 17 ½ cc - 12,95 $

War and Peace in My Backyard
French version: La Guerre dans ma cour (Éditions du Boréal) Foreword by Canadian General Roméo Dallaire. Author : Kees Vanderheyden

108 pages - ISBN: 2-89599-014-X - Collection 9 years and up - Format : 11 by 17 ½ cc - 9,95 $

The Fresh Smell of Soap

French version: L'Enfant de l'ennemi (Éditions de la Paix)
Author: Kees Vanderheyden
125 pages - ISBN: 2-89599-042-5 - Collection Teens/Adults - Format : 11 by 17 ½ cc - 9,95 $

Julian Cæsar

French version: Julien César (Éditions de la Paix)
Short-listed for the Hackmatack Award 2003
Author : Jocelyne Ouellet Illustrations : Marc-Etienne Paquin
112 pages - ISBN: 2-89599-011-5 - Collection 9 years and up - Format : 11 by 17 ½ cc - 8,95 $

Akela's Teeth

Author : Francine Bélair Illustrations : Romi Caron French version: Les Dents d'Akéla
112 pages - ISBN: 2-89599-012-3 - Collection 9 years and up - Format : 11 by 17 ½ cc - 8,95 $